ORGANISATION

DU TRAVAIL, DE L'INDUSTRIE ET DU CRÉDIT.

ROUEN. — IMPRIMERIE DE D. BRIÈRE, RUE SAINT-LO, 7.

ORGANISATION

DU

TRAVAIL

DE

L'INDUSTRIE ET DU CRÉDIT,

SEUL MOYEN DE SAUVEGARDER LES INTÉRÊTS GÉNÉRAUX DES PATRONS ET DES TRAVAILLEURS,

Extinction intégrale des Dettes de l'Etat,
Diminution de moitié sur les Contributions directes,

En garantissant les grands principes qui font la base de toute société bien organisée :

TELS SONT LA RELIGION, LA PROPRIÉTÉ, LA FAMILLE, L'ORDRE ET LA LIBERTÉ,

PAR

H.-B. DASSEVILLE.

Breveté,
Membre de l'Académie de l'Industrie Agricole, Manufacturière et Commerciale de France,
Auteur d'un traité de Sténographie en quatre leçons,
Ayant obtenu plusieurs récompenses de la Société libre d'Emulation de Rouen, Manufacturier.

La société n'aura plus à craindre le communisme, son plus mortel ennemi, lorsque l'industrie et le travail seront organisés sur des bases équitables.

Prix : 30 centimes.

ROUEN,
CHEZ TOUS LES LIBRAIRES.

1848

INTRODUCTION.

Depuis longtemps le paupérisme menace de plus en plus notre société, et le mal est tellement grave, qu'il est grand temps d'y apporter un remède prompt et efficace. Qu'on ne s'y trompe pas, toutes les mesures prises jusqu'alors par l'Assemblée Nationale lui ont été assurément inspirées par un sentiment louable de philanthropie ; mais ces mesures ne sont que des palliatifs, et non des remèdes. Ainsi, l'association proposée aux travailleurs, les secours à l'industrie, les primes à l'exportation, etc., ne peuvent suffire.

Aux grands maux il faut appliquer les grands remèdes : lorsqu'un membre est gangrené, on n'hésite pas à en faire l'amputation pour sauver la vie du malade ; de même l'Assemblée ne doit pas hésiter à prendre une mesure énergique, lorsque cette mesure lui paraît indispensable pour sauver la société de l'abime sur le bord duquel elle se trouve ; en un mot, pour éviter le communisme, vers lequel elle marche avec une effrayante rapidité. Peut-être notre projet sera-t-il traité d'utopie ou de tendance au socialisme ; mais peu nous importe : l'avenir prouvera qui aura eu raison de nos détracteurs ou de nous. Nous regrettons de n'avoir pas à notre disposition tous les documents statistiques nécessaires pour prouver tout ce qui pourrait être prouvé ; mais, dans ce cas, nous chercherons à n'avancer que des faits incontestables, et nous nous estimerons heureux si notre projet sert à jeter quelque lumière sur la question de l'organisation du travail.

Ayant occupé pendant longtemps de nombreux ouvriers, nous croyons devoir faire connaître le résultat de nos observations faites dans la pratique du travail, de l'industrie et du commerce.

Toutefois le problème est posé ; il faut le résoudre le plus tôt possible.

ORGANISATION
DU TRAVAIL
DE L'INDUSTRIE ET DU CRÉDIT.

———✦———

CHAPITRE Iᵉʳ.

Du Travail en général et de ses conséquences.

Pour organiser le travail, il faut d'abord qu'il y en ait, et, lorsqu'il n'y en a pas, il faut en créer. Or, ce qui arrête le travail, c'est : 1° l'encombrement résultant de la trop grande production ; 2° l'état général de gêne dans lequel est tombée au moins la moitié de la population française, et celui de misère où est réduit plus d'un quart de cette même population laborieuse, qui ne demande que la possibilité de vivre en travaillant, et qui se livre au désespoir en pensant qu'elle n'a pour perspective que trois choses : l'humiliation de l'aumône, la honte et l'infamie de la prostitution et du vol, ou la mort!!!

C'est cet effrayant tableau qui fait que des malheureux n'hésitent pas à faire le sacrifice de ce qu'ils ont de plus cher, liberté, famille, patrie, tout enfin, pour tenter les chances de vie ou de mort que leur promet le communisme sur une terre étrangère et déserte! Qu'on les interroge sur leur entreprise aventureuse, ils répondent froidement, avec la conviction du désespoir : « Que voulez-vous? mourir de » faim en France ou tenter de vivre ailleurs, voilà tout » notre espoir! »

Un communiste nous disait dernièrement : « J'ai » la certitude qu'avant la fin de janvier, moi, ma » femme et mes enfants, nous serons tous morts de » froid et de faim. »

Et lorsque nous répondîmes à cet homme qu'il ne fallait pas ainsi désespérer de l'avenir, que Dieu prend toujours soin des malheureux qui ont confiance en lui, il nous dit : « Vous ne connaissez pas la mi- » sère! J'ai toujours eu, comme vous, confiance en » Dieu; mais cela ne m'empêchera pas de mourir de » faim ainsi que ma famille. Croyez-vous, dit-il, qu'il » est possible de vivre longtemps, lorsqu'on ne mange » qu'un peu de pain deux ou trois fois par semaine? » Non, on finit par mourir d'inanition! »

En présence de tant de souffrances, il n'est pas

possible que l'Assemblée Nationale reste spectatrice impassible, et ne cherche pas un remède prompt et efficace pour ranimer l'espoir de tant de malheureux qui ont confiance en elle, et qui ont cru que la République devait les affranchir de la misère, en leur donnant les moyens de ne pas mourir de faim et de vivre en travaillant.

La Charte de 1830 était suffisante pour les besoins de l'époque; elle a fini son temps. On la remplace par une constitution plus large, plus démocratique et mieux en harmonie avec les idées et les besoins présents. Telle est la loi du progrès ; on ne doit point la méconnaître.

Le vieil édifice social tombe en ruines, il s'écroule de toutes parts, il écrasera la société dans sa chute, si l'Assemblée Nationale ne s'empresse, sinon de le réédifier complètement, au moins de le restaurer en l'appuyant sur des bases assez larges pour que tous les citoyens français puissent y trouver un abri contre le malheur et la misère.

L'organisation du travail est le seul remède qui puisse sauver la société d'un bouleversement général dans un avenir prochain. Ses premiers résultats seront de procurer du travail à ceux qui en manquent, de ranimer leur courage abattu, lorsqu'ils verront leur pain de chaque jour assuré par un travail suffisamment rétribué. Ce sera alors que les ennemis de la République seront réduits à l'impuissance; ils ne seront plus que des généraux sans soldats, et les criminels projets de ces ennemis de notre patrie seront déjoués par ceux-là mêmes qu'ils voudront égarer. Car il ne faut pas se méprendre sur le caractère des ouvriers : ils ne sont pas méchants naturellement; au contraire, ils sont généralement bons, et, si quelques-uns ont eu le grand tort d'écouter les fauteurs de troubles et d'anarchie, c'est que ces ennemis de tout ordre social les ont trompés et séduits par l'appât de promesses irréalisables, et que quelques-uns de ces anarchistes étaient même investis du caractère de l'autorité.

Puis, ces prédications démagogiques, organisées avec le concours et par les ordres de l'autorité d'alors, n'étaient-elles pas faites dans le but de révolutionner les masses? Peut-on trouver étonnant que des malheureux qui souffrent se soient laissé tromper facilement, lorsque avec de tels moyens on venait leur dire : « Vous êtes souverains; il ne tient » qu'à vous de vouloir recouvrer vos droits et d'être » heureux. Levez-vous, marchez avec nous; nous » sommes sûrs du succès : l'autorité est pour nous! »

Aujourd'hui que ces honnêtes citoyens reconnaissent que les promesses fallacieuses des anarchistes ne leur ont procuré que la misère, il est temps de mettre un terme aux maux qu'ils endurent, de leur prouver que la République veut sérieusement leur bonheur, et que seule elle peut les rendre heureux.

Pour arriver à ce but, la tâche est difficile ; l'Assemblée Nationale seule peut l'entreprendre et l'accomplir. Néanmoins il est utile que tous les bons citoyens lui viennent en aide en se conformant loyalement à ses décrets.

Sans doute que quelques esprits timorés, qui ne savent pas apprécier la marche irrésistible du progrès, préféreront le *statu quo* aux chances de l'inconnu ; mais il ne suffit pas que quelques hommes se trouvent bien de ce qui existe, lorsque ce qui existe ne fait pas le bonheur de tous.

En vertu du grand principe de l'égalité, tous les citoyens sont égaux, non en fortune, en science, en bien-être, mais en droits. Or, la République doit assurer les droits de chacun, aussi bien ceux du faible que ceux du fort, et ceux du pauvre que ceux du riche ; par ce moyen, tous les citoyens seront contents, les dissensions politiques et autres disparaîtront de la société, le mot de fraternité sera le mot de ralliement de tous ; les travailleurs, vivant de leur travail, ranimeront le commerce en gros, le commerce ranimera la confiance, et la confiance ranimera le crédit ; ce grand mouvement commercial facilitera la rentrée des impôts, et augmentera considérablement les recettes du Trésor. Alors plus de déficit au budget, plus besoin d'impôts extraordinaires, plus besoin d'emprunt ; au contraire, il sera possible de diminuer les impôts qui pèsent plus particulièrement sur la subsistance du pauvre et sur les besoins du commerce et de l'agriculture.

Principales Mesures à adopter

Pour réaliser le bien-être social dont chacun s'occupe.

Maintenant, entrons dans le détail des nombreuses et principales mesures à adopter pour réaliser le bien-être social, dont chacun s'occupe sans indiquer précisément le moyen de l'obtenir.

Puisqu'il n'y a pas assez de travail pour occuper tous les ouvriers valides, il faut absolument trouver les moyens de leur en créer. La première chose à faire est de réserver au travail national tout ce qui peut être récolté ou fabriqué en France, au moyen de la prohibition absolue de l'importation, tant en France qu'en Algérie. Toutefois, le Gouvernement pourra, dans sa sagesse, désigner les articles qu'il ne croira pas devoir prohiber, mais seulement les frapper d'un droit suffisant pour que l'industrie française puisse, malgré l'élévation des salaires, soutenir la concurrence étrangère. L'importation des charbons de terre ne devra être permise que par navires français, jusqu'à ce que l'Etat soit devenu propriétaire de tous les chemins de fer. Alors il pourra faire transporter les houilles de nos mines par toute la France au même prix, dans l'intérêt de l'industrie, quelle que soit la distance.

Sans doute, beaucoup de nos grands économistes politiques et sociaux, qui ont prôné ou établi notre état social actuel, jetieront de hauts cris contre nos propositions; mais nous serons toujours en droit de leur demander s'ils pensent sincèrement que tout est pour le mieux possible dans l'état actuel de notre société, et, dans le cas de la négation, nous leur demanderons aussi quel est le remède radical qu'ils proposent, et si les palliatifs qu'ils emploient ou qu'ils conseillent d'employer ne font pas passer le mal à l'état chronique et incurable, en le laissant s'aggraver au lieu de le guérir.

Si quelque philosophe proposait un autre système que le nôtre et dont l'application ferait le bonheur de notre chère patrie, en assurant le triomphe de notre jeune République, nous nous inclinerions avec respect devant lui, comme on doit le faire devant un grand citoyen qui a sauvé son pays des horreurs de l'anarchie! Mais, jusqu'à ce que ce moyen soit trouvé et appliqué, et que le résultat ait atteint le but que nous poursuivons, nous serons toujours en droit de croire que le nôtre est le seul efficace pour préserver la société contre la misère et l'anarchie qui la menacent.

Au moyen du système prohibitif, les chefs d'industrie n'auraient plus à craindre la concurrence étrangère et pourraient augmenter les salaires, non pas comme le voulait M. Louis Blanc, qui prétendait que tous les ouvriers devaient gagner le même prix, mais bien en rétribuant chacun selon son talent, son intelligence, ses forces et son aptitude. Pour cela, il suffit que l'Assemblée le veuille, car pour elle, dans ce cas, vouloir c'est pouvoir.

Toute liberté illimitée produit l'anarchie, et l'anarchie produit toujours la ruine.

Donc il faut mettre un frein à toute liberté qui conduit à l'anarchie. C'est ce qu'on a fait pour la liberté de la presse, la première de toutes les libertés dans un état démocratique!

Mais on a reconnu qu'avec la liberté illimitée de la presse, il n'y aurait pas de gouvernement possible. N'est-il pas impossible de ne pas reconnaitre aussi qu'avec la liberté illimitée de la diminution des salaires, les ouvriers sont réduits non seulement à ne pouvoir nourrir leur famille, mais aussi à ne pas pouvoir se donner le strict nécessaire, lors même qu'ils n'ont qu'eux à entretenir, et en admettant qu'ils aient du travail?

Lorsque les ouvriers sont sans occupation, ils sont errants, désœuvrés, accablés par la misère, contractant de mauvaises habitudes et pouvant se laisser séduire par les fauteurs d'anarchie. Ces hommes n'ont que trop prouvé combien ils savent profiter du malheur des travailleurs pour les exciter au désordre. Il est donc indispensable que le Gouvernement jette un regard paternel sur cette partie nombreuse et intéressante de la société. C'est non seulement un devoir d'humanité, mais c'est une nécessité politique de premier ordre.

L'organisation du salaire paraît offrir une grande difficulté ; c'est une erreur. Nous indiquons ci-après les moyens d'y arriver, tout en respectant les droits et les intérêts de chacun. A cet effet, nous diviserons les entreprises industrielles en deux classes :

1° Celles qui forment les principales branches d'industrie dans nos contrées ; telles sont : la filature, le tissage mécanique, etc., etc., dans lesquelles le travail à la tâche est généralement préférable ;

2° Celles dans lesquelles il est presque impossible de mettre le travail à la tâche, puisqu'il est reconnu qu'il ne peut être fait que par des hommes à gages : soit à l'année, soit au mois, soit à la semaine, soit enfin à la journée.

DE L'ORGANISATION DU TRAVAIL ET DU SALAIRE.

§ 1er. Industries formant la première classe.

Dans chaque département, le préfet nommera, en vertu d'une loi spéciale que l'Assemblée Nationale voudra bien décréter, une commission composée de chefs de fabrique ou d'atelier pour chaque industrie, et d'un nombre égal de délégués des ouvriers de cette industrie. Cette commission devra fixer le prix de la main-d'œuvre, et s'entendre sur les moyens possibles pour que le travail soit toujours fait à la tâche.

La base du prix de la main-d'œuvre sera calculée de manière qu'un ouvrier de force et de talent ordinaires puisse gagner au moins 2 fr. 50 c. à 3 fr. pendant une journée de douze heures de travail, et que la journée d'une femme soit payée au moins 1 fr. 50 c.; celle d'un enfant de quinze à seize ans pourrait être payée de 75 c. à 1 fr. 25 c.

Au moyen de la tâche, chacun sera payé à proportion de son talent, de ses forces et de son aptitude au travail : les ouvriers robustes, adroits, intelligents, pourront gagner de 5 à 6 fr. par jour; les faibles, les maladroits, les ignorants, ne gagneront peut-être que 1 fr. 50 c. ou 2 fr.; mais, dans ce cas, ils n'auront de reproches à adresser à personne : ils auront le sentiment de leur faiblesse, et sauront fort bien que d'autres ouvriers, placés dans les mêmes conditions de travail, gagnent beaucoup plus qu'eux.

Nous avons employé avec succès les primes accordées en sus du salaire, lorsque les ouvriers font une quantité déterminée de travail pendant un temps donné; nous en conseillons aussi l'usage avantageux.

En un mot, il faut accorder une récompense plus ou moins forte, ne fût-ce même que des félicitations, à quiconque le mérite; c'est un puissant moyen de stimuler l'émulation et de faire de bons ouvriers, même avec des paresseux; tandis que le système de M. Louis Blanc n'est qu'un encouragement à la paresse, une cause de ruine pour l'industrie en général, et l'acheminement direct au communisme.

Que les chefs d'industrie se rassurent : les mesures que nous proposons sont autant dans leur intérêt que dans celui des travailleurs; car, si l'ouvrier ne vit que du prix de son travail, les chefs d'industrie ne peuvent faire des bénéfices que sur ce qu'ils fabriquent. Pour qu'ils puissent continuer de faire travailler leurs ouvriers, il est indispensable qu'ils trouvent l'écoulement de leurs produits dans le commerce, et le commerce doit aussi trouver un écoulement permanent dans la consommation; mais cette consommation ne peut avoir lieu que si les ouvriers reçoivent un salaire suffisant pour ne pas être réduits à ne manger que du pain sec, ne boire que de l'eau, ne savoir où se loger, n'avoir pas de linge pour en changer; en un mot, être plus malheureux que ne le sont les criminels qui sont dans les prisons.

Qu'on ne s'y trompe pas : laisser les ouvriers dans la misère, c'est tarir la source du commerce. La question de sécurité sociale et de prospérité commerciale gît là tout entière.

Nous ne voulons pas le bonheur des ouvriers et la ruine des patrons ; nous espérons, au contraire, que l'adoption des mesures que nous proposons procu-

1.

rera le bonheur et la prospérité à chacun des membres de la grande famille républicaine française. Nous devons dire en passant que, pour que notre projet soit efficace, il faut absolument que le travail dans les prisons soit réglementé de manière à ne pas faire une concurrence mortelle au travail libre.

Les économistes du Gouvernement précédent, que l'on consulte encore aujourd'hui, sont comme l'homme de la fable, qui va chercher au loin la fortune tandis qu'elle l'attend chez lui : ils conseillent de ne travailler qu'en vue de la concurrence possible à l'exportation, et ne s'occupent nullement de la consommation intérieure, dont l'importance serait plus que quintuple de celle de l'exportation, si les 15 millions de travailleurs français recevaient un salaire suffisant. Nous allons tâcher de nous faire comprendre par des chiffres qui en diront plus que des paroles !

Le total de l'exportation française atteint à peine le chiffre de. . . . . 800,000,000 fr.

On ne peut pas admettre que, parce que nous n'exporterons plus autant de nos produits, nous n'exporterons plus du tout ; il est, au contraire, bien certain que nous exporterons bien encore nos vins et un grand nombre d'autres produits dont les nations étrangères ont besoin, et nous citerons, à l'appui de notre opinion, un extrait du tableau comparatif des expéditions en tissus de coton faites par la Douane de Rouen, dans l'année 1845, s'élevant comme suit : pour les Colonies, 2,003,509 kilos, dont 1,558,502 kilos pour l'Algérie; pour l'étranger, 289,991 kilos;

En calicots seulement : pour les Colonies, 1,483,248 kilos, et pour l'étranger, seulement 5,591 kilos.

Mais, afin de faire la part plus belle aux adversaires de notre proposition, nous voulons bien admettre avec eux, mais sans le croire toutefois, que l'exportation sera réduite des trois quarts; ce sera donc 600 millions de francs en moins pour la production.

Jusqu'ici, les adversaires de notre projet ont beau jeu, et, pour quiconque ne sait pas calculer, il en résulte que 600 millions méritent d'être pris en considération, et que notre proposition doit être rejetée. Mais un instant : nous allons aussi établir notre compte, et nous verrons ensuite.

Nous avons dit plus haut que la consommation intérieure serait plus que quintuple de la différence de l'exportation; nous allons maintenant le prouver.

Quoique nous admettions le chiffre de 600 millions que nous aurions pu réduire à 400 millions, nous ne forcerons pas le chiffre certain de la consommation; il nous suffira de l'atteindre seulement à moitié pour trouver notre chiffre quintuple.

Nous avons dit aussi, et c'est vrai, qu'il y a au

moins 15 millions de travailleurs ; supposons qu'il n'y en ait que 10 millions, répartis comme suit en nombres ronds : 4 millions d'hommes , 3 millions de femmes , 2 millions de jeunes garçons et 1 million de jeunes filles.

Or, 4 millions d'hommes, à 3 fr. par jour, feraient, pendant 5 jours par semaine . . . . . . 60,000,000 et pendant 52 semaines par an . . . 3,120,000,000

3 millions de femmes, à 1 fr. 50 c. par jour, feraient, pendant 5 jours par semaine . . . . 22,500,000 et pendant 52 semaines par an. . . 1,170,000,000

2 millions de jeunes garçons, à 1 fr. par jour, feraient, pendant 5 jours par semaine . . . . 10,000,000 et pendant 52 semaines par an. . . . 520,000,000

1 million de jeunes filles , à 75 c. par jour, feraient , pendant 5 jours par semaine . . . . 3,750,000 et pendant 52 semaines par an . . . 195,000,000
_____
5,005,000,000

Nous ne calculons que sur 10 millions de travailleurs de tout âge et des deux sexes ; c'est pourquoi nous ne mentionnons ici que pour mémoire le salaire de ceux que nous ne comptons pas.

Nous allons calculer approximativement ce que gagnent maintenant nos 10 millions de travailleurs.

Nous estimons à 2 fr. le prix moyen de la journée d'un homme ;

A 75 c. celui de la journée d'une femme ;

A 60 c. celui de la journée d'un jeune garçon ;

A 40 c. celui de la journée d'une jeune fille.

Maintenant, il faut que nous tenions compte d'un fait qui n'est malheureusement que trop vrai : c'est que les ouvriers ne travaillent pas plus de quatre jours par semaine, l'une portant l'autre, pendant toute l'année.

Nous allons donc établir nos comptes d'après le taux de salaires ci-dessus :

4 millions d'hommes, gagnant 2 fr. par jour, pendant 4 jours seulement par semaine, font . . . 32,000,000
et pendant 52 semaines par an . . . 1,664,000,000

3 millions de femmes, à 75 c. par jour, pendant 4 jours par semaine, font. 9,000,000
et pendant 52 semaines par an . . 468,000,000

2 millions de jeunes garçons, à 60 c. par jour, pendant 4 jours par semaine, font. 4,800,000
et pendant 52 semaines par an. . . 249,600,000

A reporter . . . 2,381,600,000

Report . . . 2,381,600,000

1 million de jeunes filles, à 40 c.
par jour, pendant 4 jours par semaine,
font . . . , ... 1,600,000
et pendant 52 semaines par an. . . 73,200,000

Total approximatif par an . . 2,454,800,000

Nous avons trouvé que le prix total
de la main-d'œuvre serait de . . . 5,005,000,000

La différence en faveur du surcroît
de la main-d'œuvre serait donc de. . 2,550,200,000
qui rentreraient dans le commerce par la consommation.

Supposons aussi qu'il y ait seulement 10 millions
de citoyens, tant commerçants que négociants, pro-
priétaires, rentiers, etc., etc., qui, se trouvant certai-
nement très bien de ce surcroît d'affaires de plus de
2,550,200,000 fr. dus à l'augmentation du salaire et
reversés dans la circulation par la consommation, feraient seulement une dépense de 1 fr. de plus chacun
par semaine, l'une portant l'autre ; nous retrouvons
là la compensation exacte des 600 millions de produits
que le commerce français n'aurait pas exportés, et
les 2,550,200,000 fr. subsisteraient toujours, comme
surcroît d'affaires occasionné par l'augmentation du
salaire.

Sans doute que, malgré les immenses avantages

de notre système d'organisation, il y aura de nombreux réclamants, qui crieront plutôt par crainte de l'inconnu que par le mal réel qu'ils devront éprouver, si, toutefois, quelqu'un y perd; mais, enfin, c'est une nécessité. Lorsque les premiers chemins de fer furent livrés à la circulation, combien n'entendit-on pas de réclamations plus ou moins fondées s'élever de toutes parts! combien d'industries très importantes furent ruinées par ce nouveau moyen de locomotion! Et pourtant les chemins de fer ont été votés avec empressement.

La mesure que nous proposons, étant adoptée par le Gouvernement paternel de la République, procurera plus de bien au commerce et sera d'une portée politique plus importante que celle des chemins de fer, sans avoir comme eux des conséquences désastreuses pour beaucoup d'industries.

Nous ignorons si le Gouvernement a eu la pensée de mettre notre projet à exécution, et s'il a reculé devant le résultat qu'il a cru probable, ou devant des considérations politiques ou autres; mais ce qui est certain, c'est que c'est là le seul moyen de sortir de l'impasse dans laquelle la société se trouve acculée, et d'où elle ne sortira jamais sans cela.

Il nous serait facile de trouver matière pour nous étendre davantage sur ce chapitre de l'organisation du travail et du salaire, si notre intention était d'écrire des volumes; mais nous voulons seulement faire connaître, le plus brièvement possible, le seul moyen qui nous semble applicable, d'une manière complètement efficace, pour sauver la société républicaine française du danger réel qui la menace.

§ 2. Industries formant la deuxième classe.

Les industries de deuxième classe sont celles où la spéculation ne joue qu'un rôle secondaire, et où le salaire est d'habitude fixé au mois ou à la journée, et qui ne sont pas considérées comme des industries de production. Dans ces industries, il est douteux que l'association pût réussir avec avantage entre les patrons et les ouvriers. Nous préférerions des récompenses proportionnées au talent et à l'aptitude des employés; eux-mêmes trouveraient cette mesure plus certaine que des bénéfices éventuels sur lesquels ils ne compteraient pas.

Notre plan d'organisation ne serait pas complet, si, après nous être occupé du salaire, nous ne nous occupions pas aussi de l'industrie; peut-être même eussions-nous dû commencer par elle.

CHAPITRE II.

De l'Industrie considérée en elle-même.

Plusieurs philosophes modernes , reconnaissant qu'il est indispensable d'apporter un remède au mal qui ronge la société à sa base, ont cherché un moyen sûr, non-seulement d'en arrêter les progrès , mais bien de l'extirper entièrement.

Tous ont été pénétrés de cette vérité , que le mal dépend de l'organisation du travail et de l'industrie; mais, malheureusement pour eux et encore plus pour les travailleurs et les industriels , chacun a traité la question à son point de vue , et, partant de points différents , ils se sont livrés à des théories plus ou moins remplies d'excentricités qui les rendent inapplicables. S'ils eussent, comme nous, passé leur vie au milieu des laborieux ouvriers de nos contrées, dont nous avons occupé un très grand nombre pendant plus de dix ans, certes , ces philosophes auraient pu raisonner par pratique et se seraient convaincus de l'impossibilité d'appliquer leurs théories.

Les uns n'auraient pas prétendu que tous les travailleurs doivent gagner le même prix ; d'autres n'auraient pas voulu détruire la propriété et la famille, sous prétexte d'organiser la société.

DE L'ASSOCIATION.

Quelques économistes ont cru trouver le remède au mal qui dévore l'industrie ; mais ils ont proposé de l'appliquer à côté de la plaie. En effet, on a proposé et encouragé l'association ; mais, au lieu de la proposer d'une manière possible, c'est-à-dire entre les chefs d'une même industrie, ils l'ont proposée entre les travailleurs ! Erreur, funeste erreur, qui tend à faire croire aux ouvriers qu'ils n'ont pas besoin de leurs patrons pour travailler, et par conséquent pour vivre, tandis, au contraire, qu'ils ne peuvent vivre que de la rétribution de leur travail ! Nous, qui ne sommes pas plus le flatteur des ouvriers que nous ne fûmes jamais celui des grands, nous leur disons : « Travailleurs que la République a faits citoyens, vous ne pouvez pas plus vous passer de vos chefs d'industrie que ceux-ci ne peuvent se passer de vous. Il y a donc un lien indissoluble entre vous et eux, et, si vous brisez ce lien, le mouvement industriel se détraquera, le chômage s'ensuivra, et la misère, oui, l'horrible misère et la faim vous atteindront. » Nous leur disons aussi : « Si vous avez quelques motifs de plaintes, soumettez-les d'abord à vos chefs, et, s'ils n'y font pas droit et que, malgré leurs obervations, vous persistiez à croire que vous avez raison, alors adressez par écrit vos griefs à l'autorité compétente, et justice vous sera rendue; car, ne vous y trompez pas, un Gouvernement républicain doit être basé sur l'équité et l'égalité pour tous. »

L'ASSOCIATION ENTRE TRAVAILLEURS

Démontrée impossible.

Assurément, ceux qui proposent l'association des travailleurs entr'eux, ou entre eux et leurs patrons, ne connaissent nullement l'administration d'un établissement, ne fût-il composé que de mille ouvriers.

Voyons d'abord ce qui arriverait si les mille ouvriers d'un établissement s'associaient entr'eux pour l'exploiter sans leur chef. Il faudrait qu'ils eussent un local et des machines pour s'occuper. Mais qui les fournirait, à moins qu'on ne dépossédât purement et simplement l'industriel qui les occupait avant l'association, ce qui ne pourrait manquer que de rencontrer de nombreux obstacles? Mais passons.

La première délibération à prendre serait d'abord de nommer un chef auquel on accorderait le droit de commander, d'acheter, de vendre, etc. Donc il faut un chef. Maintenant, ce nouveau chef aurait-il fait son éducation commerciale et industrielle? serait-il capable de diriger l'établissement? pourrait-il se faire obéir par ses camarades, qui auraient mis autant que lui dans l'actif social? Et pour le travail de chaque jour , qui fournirait des matières premières? Le chef dépossédé aurait pu , sur une note signée de lui, obtenir ce dont il aurait eu besoin; mais le chef de l'association , avec sa signature et celles de tous ses coassociés, ne pourrait rien obtenir.

Il faudrait donc, dans ce cas, que l'Etat vînt en aide à la nouvelle société industrielle. Mais qui garantirait à l'Etat le remboursement de ses avances? De plus, cet établissement, dirigé par un chef habile et seul propriétaire intéressé, pourrait prospérer, parce que les frais généraux de l'établissement seraient les mêmes, et que ses frais de maison seraient moindres, pour lui et sa famille , que ne le seraient ceux réunis des mille associés, vivant chacun séparément et voulant tous un peu vivre en maîtres. Et qu'arriverait-il si , par malheur, il fallait arrêter l'établissement pendant trois mois pour cause de chômage ou autrement ? Voilà donc les mille maîtres sur le pavé, l'établissement abandonné et l'association en liquidation. Tel est pourtant le résultat infaillible de toute association de travailleurs ; car il ne serait pas possible que l'Etat fournit toujours des fonds. L'association des travailleurs est donc une chimère, un rêve creux; il ne faut pas y penser.

L'Association des travailleurs avec leurs patrons amènerait infailliblement la ruine de l'industrie.

Examinons maintenant si l'association des travailleurs avec leurs chefs d'industrie serait plus équitable et d'une application plus facile. Oui, elle serait un peu moins difficile, en ce qu'il ne serait pas nécessaire de déposséder le propriétaire de son établissement, et que l'on aurait un chef expérimenté tout trouvé. Mais il ne résulte pas de là que toutes les difficultés seraient aplanies : presque toutes celles du premier mode d'association se rencontreraient dans la pratique de celui-ci. Mais bien que le chef engageât seul sa fortune dans les opérations de toutes sortes, il n'en serait pas moins réduit au rôle de contremaître, ce qui ne l'empêcherait pas d'être obligé de payer chaque semaine le salaire de ses coassociés avec ses propres fonds ; puis, il devrait établir tous les six mois son inventaire, afin de partager les bénéfices, s'il y en avait. De telle sorte que, s'il se trouvait 10,000 fr. de bénéfice, il devrait remettre 10 fr. de dividende à chaque associé et garder 10 fr. aussi pour lui !

Lors du deuxième inventaire, s'il se trouvait 10,000 fr. de perte, il ne donnerait rien à ses coassociés, et garderait pour son compte 10,000 fr. de perte.

Il y a un grand nombre d'autres motifs qui empêchent l'association des travailleurs avec les chefs d'industrie et que nous pourrions citer ; mais il suffit de l'exemple ci-dessus pour prouver qu'une telle association serait la *ruine certaine* de l'industrie en général, et qu'avant peu les ouvriers et les maîtres seraient réduits à mourir tous de faim. Voilà cependant le riant tableau devant lequel nos économistes modernes veulent nous conduire par l'association des travailleurs , soit entr'eux , soit avec leurs chefs.

Que les travailleurs sachent bien que les utopies que quelques cerveaux creux leur présentent comme leur planche de salut ne sont, au contraire, que des piéges tendus à leur crédulité, afin de gagner leur confiance pour s'en servir à de coupables projets contre la société.

Avant de croire aveuglément ce que leur disent ces fauteurs de troubles, ces hommes pervers qui veulent les égarer, qu'ils descendent dans leur conscience, qu'ils lui demandent si ce qu'on leur propose ou promet peut leur être accordé sans porter atteinte à la liberté ou à la propriété d'autrui; la réponse ne se fera pas attendre: leur conscience leur répondra immédiatement *oui* ou *non*.

Si la réponse est négative, qu'ils cessent promptement de servir d'instrument aux ambitieux qui les flattent; qu'ils sachent que la République veut la liberté pour tous, et que la liberté de chacun a pour limites la liberté d'autrui.

La société républicaine française est assez forte pour déjouer les complots de ses ennemis, quels qu'ils soient ; peu importe sous quel drapeau les insensés voudraient se réunir.

Mais rentrons dans le plan que nous nous sommes tracé, et occupons-nous de l'organisation de l'industrie. La solution de cette grande tâche nous paraîtrait au-dessus de nos forces, si nous n'étions pas soutenu par le vif désir de préserver notre chère patrie des dangers qui la menaceront, tant que l'industrie ne sera pas organisée de manière à pouvoir accorder aux travailleurs un salaire suffisant pour les tirer de la misère dans laquelle la concurrence effrénée les a jetés, et ranimer le commerce expirant, en rendant les faillites à peu près impossibles, et l'aisance presque assurée à tous les chefs d'industrie et aux travailleurs.

QUESTIONS SUR LES CONSIDÉRATIONS QUI PRÉCÈDENT.

Quels sont les dangers qui menacent la société ?
Le communisme et le socialisme radical.
Pourquoi ?
Parce que les travailleurs, étant réduits à une misère de plus en plus affreuse, préféreront vivre en esclaves plutôt que de mourir de faim étant libres.

Mais si le communisme réduit l'homme à l'état d'esclave, les travailleurs ne doivent donc pas le désirer?

Non, ils ne le désirent pas ; mais ils le subiraient comme un malheur nécessaire, comme un pis-aller.

Qu'y aurait-il à faire pour empêcher le communisme de désorganiser notre société ?

Organiser l'industrie de manière à occuper toujours les travailleurs, afin que leur salaire puisse leur procurer un bien-être suffisant pour élever honorablement leurs enfants et leur donner le nécessaire.

Au lieu de changer l'organisation actuelle de l'industrie, ne serait-il pas plus prudent de n'y rien changer et d'élever suffisamment le salaire ?

Non, c'est impossible : ce serait la ruine des chefs d'industrie, et par conséquent la suppression du travail et toutes ses conséquences.

Quelle est donc l'organisation à laquelle on puisse soumettre l'industrie, puisque l'association entre les travailleurs seuls, aussi bien qu'entre les travailleurs et leurs chefs, est impraticable ?

C'est l'association entre les chefs d'une même industrie, tout en laissant à chaque industriel sa liberté d'action, de la manière que nous l'expliquerons ci-après.

Quels moyens emploiera-t-on pour empêcher la concurrence étrangère à l'intérieur, si on augmente le prix de revient par l'élévation des salaires ?

La prohibition ou l'élévation des tarifs de douane.

Et pour l'exportation, comment fera-t-on?

Les calculs faits ci-dessus prouvent qu'il ne résultera qu'une différence de 600 millions de francs en moins à l'exportation, lesquels ne sont pas toujours vendus avec bénéfice; tandis qu'il en résultera au contraire une augmentation de plus de 2,550,200,000 fr. de prix de main-d'œuvre, répandus sur le marché national par la consommation.

Le besoin d'organisation de l'industrie résulte entièrement de son état actuel.

En effet, le mal qui dévore l'industrie tient à plusieurs causes:

1° A la concurrence effrénée que se font entr'eux les divers fabricants d'une même industrie;

2° A la nécessité de vendre à bas prix pour soutenir la concurrence étrangère;

3° A l'état de gêne résultant des deux causes ci-dessus, qui forcent souvent l'industriel à vendre à perte pour se faire des ressources;

4° A l'existence d'une classe de commerçants qui s'interposent entre les fabricants et les marchands en gros ou en détail, sous le titre de commissionnaires;

5° Au besoin qu'éprouvent les industriels de s'adresser à des banquiers, qui ne facilitent leurs opérations commerciales que lorsque ces derniers pensent que les fabricants pourraient se passer d'eux, mais qui n'en sont pas moins une plaie nécessaire à l'industrie, dans l'état actuel de son organisation;

6° A un grand nombre d'autres causes secondaires, que nous ne prendrons pas à tâche d'énumérer.

C'est donc en vue de remédier à un tel état de choses, désastreux, pour l'industrie en particulier et pour la société en général, que nous allons nous appliquer à indiquer un remède efficace.

D'abord, nous admettons en principe la prohibition, l'élévation des tarifs de douane, comme étant le *seul moyen* indispensable de relever l'industrie nationale, sans avoir à craindre la concurrence étrangère, à laquelle on a tout sacrifié sous le Gouvernement précédent. Qu'on ne s'effraie pas de cette mesure prohibitive : la libre concurrence a fait trop de tort à notre marché national pour n'être pas jugée d'une manière absolue. Le règne anglais, en France, a dû recevoir un coup mortel à la chute de Louis-Philippe; il appartient au Gouvernement républicain de prendre à cet égard des mesures que n'eût jamais prises le Gouvernement précédent, qui avait des traités secrets avec l'Angleterre; lui seul peut supporter la responsabilité politique de cette grande mesure, parce que lui seul représente la grande et puissante nation française.

Que les économistes ne veuillent pas prétendre que la concurrence étrangère n'a pas produit plus de mal que de bien à notre commerce; nous allons en citer une preuve entre mille : c'est que le Gouvernement de Louis-Philippe n'osait pas permettre le libre échange, parce qu'il savait que l'industrie et le commerce français auraient été frappés de mort subite; tandis qu'avec l'empoisonnement lent, tel qu'il a lieu depuis longtemps, le commerce et l'industrie souffrent, et meurent d'inanition. Le résultat est le même; seulement, dans ce dernier cas, on est plus longtemps à l'atteindre.

Nous avons parlé des commissionnaires, qui sont les intermédiaires entre l'industrie et le commerce, et des banquiers qui ne soutiennent l'industrie que dans les temps prospères, c'est-à-dire lorsqu'elle pourrait à peu près se passer d'eux. Nous avons dit aussi qu'il n'était pas possible à l'industrie de se passer de ces êtres rongeurs, dans l'état actuel de son organisation. C'est donc en vue de faire cesser cet état de choses que nous avons proposé l'association entre les chefs d'industries similaires formant la première classe, dont nous avons parlé ci-dessus pour l'organisation des salaires.

Comme conséquences de l'association, il serait créé un acte de société, entre les différents chefs d'une même industrie, pour la vente seulement et non pour la fabrication de leurs produits. Un décret de l'Assemblée Nationale rendrait ces associations obligatoires pour tous les fabricants de chaque industrie.

Cet acte ordonnerait la création de magasins généraux dans les principales villes de production, avec des succursales dans les grands centres de consommation : ces magasins remplaceraient très avantageusement les dépôts créés par l'Etat et les commissionnaires; ils seraient dirigés par des hommes spéciaux, chargés de la vente de toutes les marchandises des divers fabricants associés.

Les fabricants ne devraient pas vendre chez eux leurs produits au commerce ni à la consommation ; cette liberté leur serait interdite sous peine d'amende au profit de la société. Il y aurait un comité de l'industrie qui vérifierait les opérations du directeur; les membres de ce comité devraient être sociétaires et nommés par l'assemblée générale des industriels réunis.

Il y aurait un prix minimun et un prix maximum, que les directeurs ne pourraient pas dépasser sans le consentement formel et par écrit du conseil de surveillance.

Les fabricants seraient couverts du prix de leurs produits, soit par des remises que le directeur aurait reçues de ses acheteurs, soit par des valeurs créées par le directeur, en forme de billets à ordre, au nom de la société, au bénéfice du sociétaire qui les recevrait.

La signature du directeur engagerait la société jusqu'à concurrence de son capital, ce qui créerait une véritable banque de crédit pour l'industrie ; nul doute que ces valeurs ne fussent acceptées par la Banque de France et par ses succursales. Le fabricant n'aurait donc plus besoin de banquier, puisque, ne vendant plus, il n'aurait jamais que des valeurs qui lui auraient été remises par le directeur général ; les conditions d'escompte à la Banque de France lui seraient beaucoup moins onéreuses que chez un banquier. Il ne serait pas non plus exposé à être exploité par des commissionnaires, qui achètent toujours d'autant moins cher que le fabricant a plus besoin de se créer des ressources ; au contraire, il serait certain de ne jamais perdre sur ses marchandises, puisque le prix minimum serait basé sur un bénéfice suffisant.

Nous n'avons pas la prétention de rédiger ici l'acte de société : il doit être discuté par les intéressés ; nous nous bornons à indiquer seulement les bases fondamentales de notre système d'association.

Quiconque connaît le mécanisme des opérations commerciales peut se faire une idée des immences avantages du projet que nous faisons connaître à l'industrie française.

Les consommateurs ne doivent pas craindre que les prix deviennent trop élevés, attendu qu'ils seront fixés à un taux équitable, pour assurer seulement un salaire suffisant aux ouvriers et un bénéfice convenable aux fabricants.

L'Etat devrait aussi intervenir comme modérateur, soit en autorisant la création de nouveaux établissements pour augmenter la production, soit en supprimant la prohibition ou en abaissant les droits de douane.

Dans le cas où les progrès de l'industrie feraient découvrir un procédé qui permît à son auteur de vendre beaucoup au-dessous du cours fixé, l'industriel ne pourrait pas vendre ses produits moins cher pour cela, mais il aurait pour lui le bénéfice résultant de sa nouvelle découverte.

Toutes les fois qu'on a voulu abaisser les salaires, on a toujours fait valoir comme une compensation la vie à bon marché qui devait en résulter, et dont les ouvriers devaient profiter! Quelle amère dérision que ces paroles trompeuses! Ne vaudrait-il pas mieux que les objets de première nécessité fussent un peu plus chers, et que chacun gagnât suffisamment, chaque jour, pour subvenir aux besoins de sa famille?...

Il est probable que les nations étrangères, pénétrées des grands avantages de notre système d'organisation industrielle, s'empresseraient de nous imiter en cela comme en toutes choses, et qu'il en résulterait de grands avantages pour le commerce et pour l'industrie, et un grand bien-être pour la classe nombreuse des travailleurs dans tous pays.

Le crédit étant le régulateur du commerce et de l'industrie, pouvant, par conséquent, influer d'une manière très importante sur le bien-être de la société en général, et sur celui des travailleurs en particulier, nous terminerons cet ouvrage en faisant connaître notre plan d'organisation du crédit en France.

CHAPITRE III.

De l'Organisation du Crédit.

Création d'une Banque Nationale agissant sur toute la France.

Une Banque Nationale devra être fondée à Paris, sous la surveillance du Gouvernement; elle aura des succursales dans tous les chefs-lieux de département et d'arrondissement.

Le capital roulant sera formé au moyen d'un impôt de 10 c. sur les quatre contributions directes, et devra être payé de suite pour la première année; il sera maintenu ou réduit dès l'année suivante, afin d'augmenter le capital, si la nécessité en était reconnue. Ces 10 c. produiront environ 50 millions.

La Banque Nationale sera autorisée à émettre des billets au porteur pour une somme égale à cinq fois celle de son capital roulant; ils auront cours comme ceux de la Banque de France.

Le produit de l'impôt de 10 c. dans chaque département formera le capital des succursales dans ce département. Chaque succursale recevra de la Banque Nationale une somme en billets égale à cinq fois son capital.

Les directeurs, sous-directeurs et caissiers seront nommés par le conseil de surveillance dans chaque localité, lequel sera composé des vingt-cinq contribuables les plus imposés du département ou de l'arrondissement.

Les fonctions de directeur, sous-directeur-caissier, etc., etc., seront rétribuées.

Celles de membre du conseil seront gratuites.

La Banque centrale et ses succursales seront solidaires entr'elles, tant pour les pertes que pour les profits.

Les pertes seront couvertes par l'impôt.

Les bénéfices, s'il y en a, permettront de supprimer l'impôt en tout ou partie.

Après la suppression de l'impôt, les bénéfices seront employés à faire un fonds de réserve pour faire face aux pertes que la Banque Nationale pourra éprouver.

Lorsque les bénéfices auront produit un fonds de réserve égal au quart du capital roulant, le surplus sera employé à diminuer le taux de l'escompte et les conditions de change de place.

La Banque Nationale, n'ayant pas d'intérêt à payer pour son capital, pourra facilement abaisser le taux de l'escompte à 5 p. 100, sans commission, puisqu'elle aura des succursales dans chaque arrondissement pour tout le papier déplacé.

Les 10 c. à payer égaleront 10 p. 100 du crédit ouvert; mais comme on peut faire chaque année six opérations à 60 jours, il en résultera que ce ne sera plus qu'environ 1 1/2 p. 100 sur chaque opération, lesquels, joints au 5 p. 100 d'escompte, ne feront que 6 1/2 p. 100 pour la première année, et au bout d'un an ou deux l'intérêt ne serait plus que de 5 p. 100 et peut-être de 4 p. 100, n'ayant plus à payer les 10 c.

L'escompte des mandats pourra avoir lieu à 60 jours au plus, et celui des effets à deux signatures à 90 jours au plus.

Toute personne qui justifiera de la quittance du paiement des 10 c. additionnels pourra présenter des valeurs à l'escompte jusqu'à concurrence de dix fois le montant de sa quittance; toutefois, s'il était reconnu que ces valeurs fussent des effets de complaisance, le conseil devrait les refuser.

Tout commerçant résidant dans la circonscription d'une succursale pourra, en y faisant un dépôt en espèces et sans intérêt, y escompter des valeurs de commerce pour une somme égale à dix fois celle qu'il aura déposée.

Le dépôt pourra être retiré après l'encaissement total des valeurs escomptées.

Les agriculteurs pourront aussi présenter des billets souscrits par eux au profit de la Banque, jusqu'à concurrence de dix fois le montant de leur quittance de l'impôt proportionnel des 10 c.; ils devront aussi, dans ce cas, justifier de la quittance de leur propriétaire pour le dernier terme de leurs fermages. Ces billets seront renouvelables tous les trois mois pendant un an, afin de donner à l'agriculteur le temps de faire ses récoltes et de les vendre pour payer ses billets. Le renouvellement n'aura lieu que sur la présentation de la quittance du dernier terme de loyer échu.

Nul doute qu'il y aura beaucoup de mauvais papier impayé; mais en portant le chiffre à 10 millions, et ce serait beaucoup, il suffirait de maintenir un impôt de 02 c. additionnels pour couvrir ce déficit, et *l'agriculture*, *l'industrie* et *le commerce* auraient obtenu des avantages que nulle autre institution de crédit ne pourrait leur procurer.

L'Etat trouverait aussi dans un moment de besoin, près de la Banque Nationale, une ressource de 150 à 200 millions à 3 ou 4 p. 100, et qu'il lui rendrait au moyen des rentrées ordinaires de l'impôt; ce qui lui éviterait la nécessité de contracter des emprunts toujours très onéreux pour le Trésor.

Nous ne nous étendrons pas plus longuement sur ce projet; notre ouvrage est beaucoup plus long que nous ne nous étions proposé de le faire. Nous pensons que ce que nous avons dit sur le salaire, l'industrie, le commerce et le crédit, est suffisant pour faire comprendre, même aux esprits les moins clairvoyants, les avantages immenses qui devraient résulter pour la société tout entière de l'adoption complète de nos projets.

Espérons que le Gouvernement voudra bien les prendre en sérieuse considération et les mettre en pratique; c'est le seul moyen d'arrêter la société sur la pente rapide où elle est inclinée, et de l'empêcher de tomber dans l'abîme vers lequel elle court avec une vitesse effrayante.

Extinction intégrale des dettes de l'État, et diminution de moitié sur les contributions directes.

L'état pourrait aussi maintenir l'impôt des 10 c. et l'employer spécialement à l'amortissement de toutes les rentes dues par le Trésor; avant quarante ans la dette serait éteinte, et les impôts directs diminueraient chaque année en proportion du remboursement.

Les contribuables devraient donc considérer cet impôt comme un placement à 5 0/0, puisque, chaque année, ils auraient à payer en moins l'intérêt du produit de l'impôt payé par eux pendant l'année précédente.

TABLE DES MATIÈRES.

———

CHAPITRE III.

FIN.

www.ingramcontent.com/pod-product-compliance
Lightning Source LLC
Chambersburg PA
CBHW071256210626
46818CB00013B/1468